ÉPISODE

TIRÉ

DES CONFESSIONS

D'UN

HABITANT DU GRAND-PERCHE.

ÉPISODE

TIRÉ

DES CONFESSIONS

D'UN

HABITANT DU GRAND-PERCHE;

Par LÉONARD D***.

Point de bonheur sans philosophie

PARIS,

Chez les Marchands de Nouveautés..

1823.

PRÉFACE.

Quelques Amis m'ont empêché de livrer à l'impression ce que j'appelle mes Confessions : leur avis est sage ; un jour..... Mais en attendant je veux juger de mes forces par ces lambeaux.

ÉPISODE

TIRÉ

DES CONFESSIONS

D'UN

HABITANT DU GRAND PERCHE.

CHAPITRE PREMIER.

L'EXIL VOLONTAIRE.

Enfin l'aurore, ouvrant les portes vermeilles de l'orient, m'avertit que j'avais juré de m'exiler avant son retour. Me hâtant donc de quitter les superbes monts de Croisille, de Cendrous, je m'enfonce lentement dans les campagnes.

Au bout de plusieurs jours de marche pénible, comme Phébus regagnait le palais de la Souveraine des mers, un vieillard frappe ma vue : il tenait un livre ouvert, et de ses lèvres sortaient des sons agréables et plus doux que le dernier chant du cigne. Je ne pus saisir que ces paroles :

« Dieu de Jacob, dieu d'Israel !
» Daigne suspendre ta vengeance ;
» Envers un peuple criminel,
» Ah ! n'exerce que la clémence ».

I

Il se tut à mon aspect. Ministre du Puissant, dis-je
en l'abordant, je suis éloigné des habitations, et sur
une terre que je n'ai jamais foulée ; daignez, pendant
cette nuit, me procurer l'hospitalité : quand l'amante
d'Endymion aura terminé sa course silencieuse, je
partirai pénétré de la plus vive reconnaissance.

Mon fils, répond le vieux mortel, chaque jour
je célèbre le Très-Haut ; mais sans qu'un indigne sa-
laire soit le prix de mes louanges. Je rougirais d'em-
ployer le charlatanisme, comme tant de vils humains.
Ce ne sont pas les grandeurs d'ici-bas, ni celles pro-
mises aux Justes qui m'inspirent de l'amour pour mon
Créateur : j'adore Dieu pour lui-même ; je ne forme
point de vœux indiscrets ; et telle que soit ma destinée,
je ferai toujours retentir le cantique du sublime Pa-
triarche. Je suis pauvre ; jadis je fus dans l'opulence :
de temps en temps j'offre une couche aux voyageurs ;
fugitif, je n'ai pu trouver que cet asile au milieu de
l'Europe parjure : fatigué de l'injustice des hommes,
je soupire ici sur leurs folies, et je ne m'occupe plus
que de la tombe où les grands de la terre descendent
souvent avec moins d'éclat que le pâtre des montagnes.

Ah ! mon enfant, puissiez-vous ne pas compter
quatrev ingts hivers !

La vie est un labyrinthe rempli de détours dangereux
qu'on ne saurait quitter assez promptement : plus
vous y prolongerez votre marche, plus vous éprou-
verez de souffrances.

Le méchant, armé de toutes parts, terrasse impu nément l'homme de bien toujours sans défense, et souvent le père , surpris par les mains sanglantes de son fils , perd la lumière qu'il avait donnée à ce monstre.

Mais j'oublie que vous avez besoin de repos : venez, mon jeune ami; mon souper est peut-être trop frugal; le bonheur de le partager avec vous , le rendra délicieux. Soyez persuadé que je vous offrirais avec moins de franchise les mets empoisonnés par un art qu'ignoraient nos ancêtres.

Soudain le vieillard me prend la main , et je me laisse conduire vers une grotte charmante.

« Ma demeure est l'ouvrage de la nature , et , quoique sous le fardeau des ans , j'y coule mes jours les plus paisibles. Les palais , mon jeune ami , que les princes élèvent à grands frais , ne sont habités que par les sombres soucis. Quand les souverains sortent de ces magnifiques prisons ; l'éclat du jour blessé leurs yeux affaiblis par une obscurité perpétuelle ; ils ne sauraient distinguer les haillons du peuple, des livrées brillantes que les courtisans savent prendre et changer adroitement. »

Mon hôte se tut , et me laissa considérer sa solitude.

CHAPITRE II.

DESCRIPTION DE LA SOLITUDE.

Un demi-jour était répandu sur l'habitation entou-
rée d'un joli filet d'eau , dont le murmure se mêlait
aux derniers gazouillemens des oiseaux perchés sur
plusieurs orangers en fleurs ; des violettes , des roses,
des lilas embaumaient les airs. Un chien , ce fidèle ,
pour ne pas dire ce seul ami de l'homme , reposait
au milieu de quelques agneaux qui bondissaient auprès
de leurs paisibles mères : à mon approche , il aboya ;
mais la voix de son maître le fit taire.

Je me crus d'abord aux temps reculés où les Patriarches et les Rois - Pasteurs faisaient eux-mêmes
paître leurs nombreux troupeaux. En Europe , on
rougit de (1) l'agriculture. A la Chine , l'Empereur

---

(1) L'agriculture est la reine du monde ; le commerce et les
arts sont ses enfans , et font l'ornement de sa cour.

Qu'elles étaient belles ces fêtes où la Déesse des moissons et le
Dieu des vendanges portés en triomphe dans les campagnes , com-
blaient , par d'abondantes récoltes , les vœux des sujets fidèles à
leur culte !

Comme ces augustes cérémonies nous rappellent aux premiers
sentimens de la nature ! Comme nos yeux se reposent avec délice
sur le tableau de la vie pastorale des patriarches du monde !

(*Cours d'Agriculture du dép. d'Eure et Loir.* Discours pré-
liminaire.

est obligé chaque année de tracer un sillon en présence du peuple et de la cour.

Cependant que •l'on compare nos mœurs épurées aux antiques usages.

» L'intérieur de la grotte ne me surprit pas moins.

» Deux bancs' de gazon , une table construite de même , une sébille , une corbeille d'osier , un grand vase de grès , non pour transsuder , mais propre à contenir l'onde cristalline ; des peaux de mérinos , des tas de fougère , sont les seuls objets qui s'offrent à mes regards.

» La nature dédaigne les hydrocérames, le duvet de l'Eider ; et cependant les efforts de l'art ne sauraient approcher d'elle.

Plein d'admiration, je jetai mes bras au col du sage vieillard, et baignant son front chauve de mes larmes, je lui fis l'aveu des chagrins qui dévoraient le printemps de mes jours.

Mon récit le fit sourire : A dix-huit ans , dit-il , les peines sont passagères ; et bientôt une nouvelle maîtresse , éloignant de votre souvenir l'infidèle Laure, pourra remplir encore votre âme sensible d'ivresse et d'amertume.

Ne croyez pas que les amours procurent le bonheur.

Une compagne sage, fidèle , par ses longues souffrances, sa mort précipitée, nous plonge dans le désespoir ; et la perfide épouse , profanant sans rougir la couche nuptiale ; nous déchire et nous fait rejeter avec horreur les gages d'un malheureux hymen.

Pendant le court trajet de cette vie, considérons donc toutes choses avec indifférence.

Mais moi qui vous semble au-dessus des passions, je veux, avant que Morphée répande ses pavots, vous raconter mes infortunes.

Ivre de joie, imitant le bon ermite, je pris un morceau de pain bis, des œufs cuits sous la cendre. L'onde argentée me flatta plus que les vins délicats, et tous mes besoins étant promptement satisfaits, j'écoutai, non sans tressaillir, le vieux solitaire.

CHAPITRE III.

HISTOIRE.

LA France n'est point ma patrie : des raisons politiques me font taire, et mon nom de famille, et le ciel qui m'a vu naître.

Ayant combattu quinze ans sous les drapeaux de la vaillance, j'ai mérité le signe de l'honneur à la bataille de Marengo. Je suis glorieux d'avoir obtenu le grade de lieutenant-colonel parmi les braves qui préférèrent la mort à l'esclavage : « *La Garde meurt, elle ne se rend pas !* »

Mais, loin de m'arrêter aux dernières années de ma vie, je dois vous parler aussi des momens où je connus une nouvelle existence.

Seul rejeton d'une maison très-ancienne, j'ai cependant toujours dédaigné les titres muets d'une vaine noblesse ; mon père m'ayant appris que le mérite personnel seul distinguait.

Je n'ai jamais reçu de caresses maternelles. Les douleurs de l'enfantement enlevèrent à mon auteur une épouse adorée : cet homme vertueux n'en parlait point sans répandre des larmes. Une si grande marque d'amour, ces regrets extraordinaires m'attendrissaient profondément. On ne peut donc être heureux qu'en possédant une tendre compagne, disais-je chaque jour! Aussi presqu'au sortir du berceau, l'amour fit-il palpiter mon cœur. J'appellerai Suzette, l'ange, l'unique objet de mes feux. A quatre-vingts ans, je n'ose entreprendre son portrait ; ses beaux yeux noirs, ses sourcils divinement arqués, sa voix douce, sa taille charmante, sa main blanche et potelée errant sur une guitare harmonieuse, s'offrent sans cesse à mon imagination.

Jeune homme, vous avez cru peut-être que mon âme était paisible ; sachez que les plaies profondes ne se ferment jamais. On peut changer de climats ; mais le cœur reste toujours en proie aux mêmes agitations. Soixante hivers ont blanchi la cime des monts, depuis que l'essence de mon amie s'est élevée vers les demeures célestes ; cependant son souvenir me fait répandre encore des pleurs bien amers.

L'espoir que ma patrie recouvrera quelque jour son antique splendeur m'enivre d'une secrète joie. La mort seule peut me réunir à l'être divin que les destins cruels n'ont pas épargné. Telle qu'une fleur battue par l'orage, j'ai vu succomber cette vierge pleine d'amour.

Les soupirs du vieillard interrompirent ses paroles; après s'être frappé le seiu, il continua :

Ne rêvant que combats, ivre d'amour, j'atteignis ma seizième année. Chaque fois que je voyais Suzette, je voulais lui révéler mes tourmens, et l'aveu de ma flamme expirait sur mes lèvres. Un soir, je l'aperçus seule à sa croisée; elle guitarisait, et ses accords, portant le trouble jusqu'au fond de mon âme, je soupirai cette romance :

> Silence, charmante fauvette
> Il faut suspendre tes concerts;
> Écoute, je chante Suzette,
> Tâche de retenir mes vers :
> Elle est aussi belle que sage,
> Et son âme sans vanité :
> Pour modèle, dans le village,
> On la cite à chaque beauté.
>
> J'ignore si son cœur sensible,
> De nos bergers reçoit les vœux;
> Mais son regard est si paisible
> Que nul ne peut se croire heureux :
> Pour moi, dans une tendre ivresse,
> Toujours je murmure son nom;
> Et je viens peindre ma tendresse,
> Aux échos de notre vallon.

Pour jouir de l'ombre secrète ,
Si tu la vois dans nos bosquets ,
Vite forme, tendre fauvette,
De tes accords les plus parfaits :
Que ta voix douce, mais tremblante,
Module bien ces derniers mots :
« Partage une flamme constante ,
Et tu finiras bien des maux.»

CHAPITRE IV.

EDOUARD ARRACHE L'AVEU DE SON BONHEUR.

TREMBLANT et sans voix , je lève les yeux ; Suzette s'était retirée. Aussitôt je cours à son appartement : en la voyant pâle, émue , la crainte ferma long-temps ma bouche. Douce compagne de mon enfance , dis-je enfin , tu peux envelopper ma jeunesse des voiles du trépas , ou m'ouvrir la jouissance d'une vie longue et sans nuages. Il est des chaînes encore plus délicieuses que celles d'une folâtre amitié : parle , j'attends de toi la coupe du bonheur , ou le calice que l'on ne saurait boire en vain jusqu'à la lie.

Ses mains que j'avais saisies , frémissent dans les miennes.

Edouard , dit-elle timidement , on pourrait nous surprendre : si tu me chéris , consulte ceux qui m'ont donné le jour ; n'exige point d'autre réponse d'une fille qui peut-être trahit la confiance de la plus tendre des mères.

O ma Suzette, m'écriai-je tout hors de moi ! nos auteurs vont connaître le penchant qui m'entraîne vers toi : notre union réjouira leur vieillesse, et bientôt nos enfans, couronnés de fleurs, joueront sur leurs genoux.

O rêve de jeune homme !

Plus rapide que l'éclair, je m'élance ; je ne marche pas, je vole instruire mon père des feux qui troublaient ma raison.

O surprise ! il m'approuve, vante les douceurs de l'hyménée, et m'accompagne chez ses voisins, non sans rire *in petto*.

CHAPITRE V.

EDOUARD OBTIENT LA MAIN DE SUZETTE.

Comment m'expliquer, dit mon père après avoir serré la main de son vieux frère-d'armes, et présenté le bonjour à la comtesse ? Je vois l'affliction répandue sur la figure d'une demoiselle qu'un courtois chevalier a juré d'aimer toute la vie.

Sur-le-champ je vis que le duc raillait. Honteux ,
je veux sortir : en m'arrêtant , le comte m'adresse ces
paroles : Depuis long - temps nous sourions à ton
amour. Un grand nombre de jeunes seigneurs se sont
présentés ; j'ai fait choix du fils de mon ami. Cher
Edouard , la main de ma fille t'est accordée ; mais
trop jeunes encore l'un et l'autre pour devenir époux ,
il faut vous rendre dignes de ce titre sacré. Jusqu'à
ton quatrième lustre , acquiers des connaissances dans
l'art militaire , et , lorsque tu seras à la tête du régiment qui fut toujours commandé par tes aïeux , Suzette , fille vertueuse et pleine d'estime pour la valeur,
recevra tes sermens en face des autels.

Transporté de joie , je tombe aux genoux du
comte qui me relève en me serrant dans ses bras ; je
couvre de baisers alternativement mon père , Suzette
et ses auteurs.

O caressos de l'innocence ! ô sermens prononcés
sans perfidie , pourquoi n'eûtes-vous que la durée de
l'éclair ?

Mais , ô douleur ! mon départ est fixé ! huit jours
seulement je dois nager dans un fleuve de delices.

O Suzette ! ô mon amie ! combien séduisante fut
notre ivresse ! Alors nous ne connaissions point les
sombres langueurs , les noirs chagrins , les cruelles
alarmes. Au matin de la vie , heureux d'aimer , heureux de plaire , ornant nos fronts de roses printa-
nières , nous crûmes lire le bonheur dans un riant
avenir.

Ici-bas il n'est point de véritable félicité. La vertu succombe , et la foudre vengeresse ne frappe point ses oppresseurs.

Tyrans de ma patrie , tremblez ; déjà plusieurs chaînes sont rompues : puisse cette audace réveiller notre antique énergie !

Je m'égare ; ces vœux sont superflus ; je dois descendre chez les morts , flétri du nom d'Ilote.

A ces mots , les joues sillonnées du vieillard furent couvertes de larmes.

Attendri moi-même , je le suppliai d'interrompre son récit :

Non , dit-il , je veux communiquer mes chagrins. Il poursuivit.

Que les heures passent rapidement auprès de ce qu'on aime ! Les airs étaient depuis long-temps soumis à la protectrice des amours , que Suzette et moi nous ne pensions pas à nous séparer. Minuit sonne; mon père m'arrache, non sans peine, à la scène touchante qui devait si peu se renouveler. Mes mains pressent celles de mon amante ; mes regards lui peignent des sentimens que sa rougeur augmentait encore. A demain , répétâmes-nous vingt fois. Enfin , forcé de suivre mon père, l'âme remplie de joie , de tristesse, je regagnai le château.

CHAPITRE VI.

ÉDOUARD SE REND EN GARNISON.

L'instant cruel qui devait me séparer d'une partie de moi-même ; arrive enfin.

Le soleil pour la huitième fois ayant dardé ses rayons sur les tours de l'antique forteresse de D***, mon père, Suzette, ses auteurs, en voilant leur douleur, m'accompagnèrent jusqu'au mont S****, Arrivés à la cime de ce pic orgueilleux, comme plus rapprochés du moteur universel, nous fîmes le dernier adieu que les échos de ces lieux sauvages rendirent encore plus déchirant.

O jeune homme, puisque votre âme a ressenti le pouvoir de l'amour, vous avez donc éprouvé les angoisses qui précèdent l'absence.

Il est inutile, ou plutôt au-dessus de mes forces de retracer celles qui me dévorèrent ensuite.

Moi fuir Suzette! respirer un autre air que ma bien-aimée ! Telles furent mes seules exclamations ; mais le triste instant du départ ne peut plus être prolongé : Suzette, pâle, immobile, fond en pleurs : je lui prends les mains ; pour la dernière fois je la presse dans mes bras. O combien l'affliction embellit encore la beauté !

Le seul domestique qui devait me suivre, ayant, d'après l'ordre de mon père, piqué des deux, je m'éloigne lentement du groupe qui possédait toute mon affection.

CHAPITRE VII.

IL FAUT MOURIR POUR LA PATRIE !

A peine eus-je rejoint mon régiment, que j'écrivis une longue lettre à l'idole de mon âme. Combien sa réponse, quoique concise, fut tendre ! Cent fois mes lèvres ardentes s'attachèrent à ces lignes tracées par une main chérie : bientôt j'eus le bonheur de soutenir la plus agréable correspondance.

L'absence ajoute de nouveaux charmes à l'amitié : la tête s'échauffe dans une lettre, et l'imagination secondant un cœur brûlant, le papier part couvert d'expressions mille fois plus enchaînantes que les baisers prodigués chaque jour; une faveur dérobée est inappréciable ; les caresses de l'hyménée ne peuvent entretenir long-temps une flamme vive en apparence ; son autel est la tombe du folâtre amour.

Alors l'horizon se colorait devant moi des couleurs les plus séduisantes : à dix-sept ans, capitaine de lanciers, chéri d'une créature céleste, mon cœur pouvait-il ne pas s'ouvrir aux émotions qu'inspire le le songe de la félicité ?

Tout-à-coup un cri de terreur s'élève de toutes parts ; ma patrie est menacée ; des voisins perfides veulent envahir le sol cultivé par des mains libres.

O honte ! la soif des richesses, des honneurs, corrompt la plupart de mes compatriotes !

Un législateur ancien ne porta point de peine contre le parricide ; nos lois se taisent à l'égard des traitres : Lycurgue ne pensait pas qu'un fils pût égorger son père ; et R..... que l'on fût capable de trahir sa mère commune.

O douleur ! l'auteur de mon amante, aveuglé par l'espoir de conserver ses dignités, aspirant même à la prééminence, favorise lâchement la marche de nos oppresseurs.

Mon père, rompant aussitôt avec l'ami de son enfance, son ancien frère-d'armes, m'enjoignit, par une dépêche, d'oublier la fille d'un traitre, et de venir le rejoindre.

L'âme déchirée, je ne balançai point. Le comte appelant l'esclavage sur sa patrie ne me parut plus qu'un vil ennemi ; mais sa fille !..... O Suzette, tu restas toujours l'âme de mes pensées !

Pouvais-je faire retomber sur cette infortunée ma juste indignation ?

O Claire ! ô Clairant ! époux, amans infortunés ; depuis en baignant votre histoire de mes larmes, quelle douloureuse comparaison n'ai-je pas établie !

CHAPITRE VIII.

ÉDOUARD COMBAT POUR LA LIBERTÉ.

A la tête de quelques lanciers, par des chemins détournés et difficiles, je me rendis auprès de mon respectable auteur. Derrière le mont Z***, dans une gorge profonde, ce héros avait rassemblé dix mille guerriers auxquels chaque jour d'autres défenseurs venaient se joindre : ses pleurs me firent connaître sa joie et toute sa tendresse. Le récit des dangers que j'avais courus l'instruisit de l'approche de l'ennemi. Nul doute, dit-il, que nous allons être attaqués ; viens par ta présence redoubler l'enthousiasme de mon armée ; et tandis que je traverse ces rangs de braves, tous simultanément jurèrent de mourir les armes à la main.

Soudain les sentinelles répandent l'alarme : nos avant-postes sont repoussés ; les assaillans pénètrent dans notre camp par l'ouverture tournée au nord.

Une heure plus tard j'étais prisonnier. Hélas ! le duc persuadé que j'abandonnerais la cause légitime, eut rendu le dernier soupir en me maudissant.

» Amis, s'écria cet apôtre de la liberté, la mort
» ou la victoire ! »

A l'instant, comme si la voix puissante de la patrie
eût frappé nos oreilles, nous fîmes retentir ces tristes
lieux des cris que proférèrent les compagnons de
Léonidas.

Décidé à mourir et serrés les uns contre les autres, nous nous précipitâmes comme des lions ar-
dens sur les hordes barbares qui, surprises d'une
telle audace commencèrent à plier : six fois nous re-
poussâmes les mercénaires ; mais revenant sans cesse
à la charge avec des troupes fraîches et plus nombreuses, ils nous enfoncèrent après une résistance
sans exemple. Le carnage fut horrible : les satellites
de la tyrannie, outrés de leurs pertes, ne faisaient
point de quartier. Furieux de voir périr tous ses
amis, mon père se jeta dans un gros d'esclaves : je
le suivis avec les infortunés qui respiraient encore.

Mais que peut la valeur la plus intrépide contre
une multitude tellement supérieure? au moins des
flots de sang impur se confondirent avec l'inno-
cent.

Dans ce péril extrême, je ne pensai plus qu'à
l'auteur de ma vie : long-temps je lui fis un rempart
de mon corps.... Quel moment !

Le vieillard ne put continuer : ses sanglots l'interrompirent ; quelques minutes après il reprit son
récit:

Couvert de blessures, incapable de fuir, il se perça lui-même .

Désespéré de n'avoir pu retenir son épée, j'allais l'imiter, quand atteint d'un coup de feu près de l'œil gauche , je perdis l'usage de mes sens : plût au ciel qu'il ne m'eût jamais été rendu !

CHAPITRE IX.

SUZETTE SAUVE ÉDOUARD.

QUAND le malheur s'attache à nos pas, pourquoi sortir de la nuit des tombeaux? Si, de même que mon malheureux père et de ses braves compagnons, je fusse resté sur le champ de bataille, je n'aurais point depuis soixante années prolongé mes infortunes. Le destin voulut que je revisse le jour , et que de nouvelles calamités m'accablassent!

Lorsque mes esprits revinrent, je me trouvai sur un lit, dans une obscurité profonde: doutant de mon existence ; je cédais insensiblement au lourd repos qu'éprouvent les mourans, quand un bruit lointain et léger frappa mon oreille

Le murmure augmente tel que celui d'une marche précipitée le long d'un corridor immense et en retentissant : quelqu'un s'approche , me touche; des mains

tremblantes saisissent les miennes... Ciel ! mes lèvres
glacées sentent des lèvres brûlantes ; mon visage est
inondé de larmes ; j'entends des soupirs ; une voix
douce prononce mon nom ; tout-à-coup une lanterne
sourde blesse mes yeux entrouverts.

O délire ! ô tressaillement inexprimable ! Suzette
rappelle mon âme prête à s'envoler.

O mon jeune ami , vous n'avez point encore passé
de l'abattement du cœur aux convulsions de la
joie .

Après une terrible tempête , figurez-vous un mortel
jeté sur les côtes d'une île inconnue et déserte : il
erre long-temps pressé par tous les besoins : épuisé,
succombant enfin , il croit fermer les yeux pour toujours ; mais des personnes débarquées fortuitement
avec des vivres , sauvent cet infortuné qui les prend
d'abord pour des ombres , et les baigne ensuite des
larmes de la reconnaissance.

Dans l'agitation et la surprise , je m'écriai : Les
barbares l'ont donc assassinée ! eh bien ! ici nous
reposerons en paix ; rien ne saurait plus nous séparer.

Édouard , répond Suzette, en posant ma tête sur
son sein , j'espère que nous serons unis ; mais par
d'autres liens que ceux de la mort.

Alors je crus sortir d'un assoupissement que des
rêves affreux avaient troublé. Reconnaissant enfin
l'idole de mon cœur , les paroles manquèrent à ma
langue , et me soulevant avec peine , je poussai des

cris de joie. Suzette me ferma la bouche avec une
main que je baisai mille fois. — Fuyons, dit-elle,
ce sombre abîme ; la mort t'environne de toutes parts.
Après le lever de l'aurore, peut-être qu'il ne serait
plus temps. — Les gardes sont séduites ; suis-moi
sans crainte.

Eh ! mon père vit-il ! Tu le sauras bientôt. Voyant
que cette réponse me déchirait, elle approche de mes
lèvres une liqueur corroborative, m'embrasse en
soupirant : je veux tomber à ses genoux, parler de
l'auteur de mes jours, de uos compagnons..... Elle
m'entraîne sous des voûtes silencieuses, et me fait
gravir les degrés d'un vieil escalier. — Une porte
roule sur ses gonds : surpris, je m'arrête. Calme tes
allarmes, murmure Suzette en me serrant la main ;
on nous attend.

Je ne sais quels pressentimens m'agitaient, quand
nous enfilâmes d'immenses galeries. O surprise ! je
reconnais les lieux témoins de mon enfance ; je suis
dans le château du comte..... Suzette, ton père.......
Alors une sueur froide couvrant tout mon corps, je
me sentis défaillir : mon amante effrayée veut me
soutenir ; les voiles de la mort étaient déjà répandus
sur mes paupières.

~~~~~~

CHAPITRE X.

FUITE.

———

Sombres pinceaux de la mélancolie ,
  Seuls vous pouvez exprimer mes douleurs ;
Dans le torrent l'infortune s'oublie ;
Un luth plaintif sait prolonger les pleurs.

O parque ennemie ! ô sort cruel ! s'écria le vieillard en laissant tomber sa tête sur ses mains.

Pardonnez , lui dis-je , à l'imprudent qui renouvelle vos douleurs.

Ah ! répondit-il , les larmes sont douces ; elles soulagent mon cœur : daignez m'entendre et me plaindre :

Quand je r'ouvris les yeux, l'horizon se colorait à peine des premiers feux du jour : Suzette déguisée en officier me prodiguait les secours que la circonstance permettait ; car une chaise de poste nous éloignait rapidement du fatal château. Dans un délire involontaire, es-tu complice du comte, m'écriai-je ?.

— Mon père !... Oh non, non ; je ne partage point ses sentimens ; je suis toujours ton amie : avant de m'accabler d'un cruel soupçon, ingrat, sache ce que je n'ai pas craint d'entreprendre.

Rougissant de mon injustice, je couvris sa main de de larmes et de baisers : après mille caresses, mille questions, plein d'inquiétude, j'écoutai ma libératrice.

CHAPITRE XI.

RÉCIT.

Les ennemis virent de suite qu'il fallait arrêter les efforts des Républicains. Tous les mouvemens de ton père étaient connus : sans ta disparition, tu devenais un ôtage ; on mit à ta poursuite plus de six mille cavaliers ; l'inutilité de leur recherche fit hâter le départ des troupes destinées à vous combattre.

Mon père, en apparence comblé d'honneurs, n'écoutant plus que la voix d'une honteuse reconnaissance, reçut chez lui le général ennemi. Le château devint la résidence de l'état-major.

Une fête brillante fut le prélude de la guerre civile. La haine, l'avarice firent des prosélytes.

Non sans beaucoup de peine, j'obtins la permis-

sion de suivre le comte qui devait commander ses
traitres compatriotes, plus avides de votre sang, que
les serviles même. On vanta ma conduite, en m'ho-
norant du nom de cette reine célèbre qui mérita les
éloges des vainqueurs de Salamine.

Peins-toi l'agitation de mon cœur, quand, atteignant
la montagne qui vous servait de retraite, je vis les
horreurs d'un combat. Tu sais quelle en fut l'issue :
les ennemis, indignés d'avoir perdu l'élite de leur
armée, exercèrent une indigne vengeance sur les Républicains qui respiraient encore. Ils trouvèrent le
corps de ton père.... A ces mots, Suzette s'arrêta....
Poursuis, m'écriai-je ; ils n'ont pas épargné les restes
d'un guerrier ! .... Oui, mon ami, les monstres se
sont couverts d'une honte éternelle, en faisant dé-
chirer, à coups de fouet, un cadavre qui les rem-
plissait encore d'épouvante.

Un soupir aussitôt me coupant la voix, mes yeux
fondirent en pleurs.

elle reprit ensuite :

On te découvrit à quelque distance de ton malheureux auteur. Tu donnais encore un signe de vie ;
pour frapper de crainte les prétendus rebelles, il fut
décidé que l'on te fusillerait. La cruauté t'accorda des
secours qui ne purent te faire sortir d'un profond assoupissement.

Juge de mes tourmens ; je n'osais aborder mon

père. Combien il était à plaindre ! Les remords le déchiraient : trop tard, il avait horreur du sang qu'il aurait dû défendre.

Entraîné par sa destinée , il espérait que l'excès de ses douleurs lui donnerait la mort.

N'écoutant plus que l'amour, je prodiguai l'or. Plusieurs officiers du comte blâmaient hautement le supplice du fils d'un compatriote qu'ils avaient vu mourir en héros. Je sus les attendrir , soit par un effet de ma faible beauté, ou plutôt par une faveur du ciel , tous les cœurs volèrent au-devant de mes désirs.

Transporté donc au château , tu fus mis dans une salle du vieux donjon , sous la surveillance de deux chirurgiens et de quelques soldats.

Dès le soir même , grâces aux empressemens des âmes que j'avais trouvées généreuses, le corps d'un militaire mort à la suite de blessures à peu près semblables aux tiennes , ayant été mis à ta place, on te descendit dans le souterrain où, quelques heures après, j'ai pressé contre mon cœur l'ingrat que je jure d'aimer jusqu'au dernier instant. »

CHAPITRE XII.

MORT DE SUZETTE.

SUZETTE se tait. J'allais la serrer dans mes bras ,
lorsqu'un bruit terrible se fait entendre : plusieurs
hommes armés s'élancent au-devant de notre voiture ;
le postillon , animé par ma voix , voulant franchir
cette haie de baïonnettes , tombe frappé d'un coup de
feu. Persuadé que nous étions découverts , malgré ma
faiblesse extrême , je voulus , tel qu'une lionne à qui
des chasseurs veulent ravir ses petits , mourir en dé-
fendant ce que j'avais de plus cher.

Saisissant Suzette d'une main tremblante , je lui
fis un bouclier de mon sein.

Alors celui qui paraissait commander la troupe ,
s'avance en me sommant de descendre ; furieux , je
lui réponds par un coup de pistolet.

Soudain , mille clameurs troublent les airs.

Mon amante , les larmes aux yeux , les mains sup-
pliantes , ouvre l'autre portière , et se jette hors de
la voiture.

O lumière que j'abhorre! cesse de briller pour un

infortuné qui ne désire que les sombres voiles du
trépas !

O mon jeune ami , comment ai-je pu jouir de la
vie ? que dis-je ? comment ai-je supporté le lourd
fardeau des ans après, avoir vu rendre le dernier sou-
à celle qui me faisait chérir l'existence ?

Les monstres ! oui , les monstres l'égorgèrent à
mes yeux. Je crois voir encore jaillir de son sein ce
sang précieux que je n'ai pu jamais venger assez. Ses
regards mourans se tournaient tendrement vers moi.
Je m'élance..... Hélas ! malgré ma promptitude, je
ne reçus que son dernier soupir...... Elle prononça
mon nom !

Pâle , glacé d'horreur, les yeux égarés , je m'approche du visage de Suzette ; je cherche ses lèvres
décolorées, et je presse avec un mouvement convulsif
ce corps plus blanc et bientôt aussi froid que l'ivoire.

O surprise ! ces assassins que je maudis, que je
brave , tombent à mes pieds : le nom de mon père
vole de bouche en bouche.... C'étaient des bandes
républicaines qui , croyant surprendre quelques bour-
reaux de ma patrie , rendirent mon amante victime
d'une fatale erreur.

En vain je voudrais retracer mon désespoir : celui
de mes compatrietes l'égala ; leur barbare précaution
m'ôta jusqu'au moyen de finir ma vie. Après m'avoir
éloigné d'une scène trop douloureuse, ces infortunés

me nommèrent Général , et pour adoucir mes chagrins, ils élevèrent à mon amie un modeste tombeau ,
sur lequel on grava ces quatre vers.

> De l'amour et de l'erreur
> Repose ici la victime.
> Suzette eut un tendre cœur
> Qui ne connut point le crime.

Ayant long-temps lutté contre l'envie de terminer
mes jours , le désir de sauver ma patrie l'emporta.
Pendant trente ans j'ai combattu pour la liberté ; la
victoire couronna plusieurs fois mes efforts ; j'eus la
consolation d'apprendre que le comte, dans une revue
générale des transfuges , s'était percé de son épée ,
en accablant de reproches les perfides qui , sous un
prétexte odieux , voulaient la ruine de son pays.

Vous connaissez la fameuse bataille , où les républicains , couverts en vain d'une gloire immortelle ,
accablés par le nombre et la trahison , perdirent jusqu'à l'espérance. Non , jamais les plaintes d'Annibal
en quittant l'Italie , ne furent plus amères que les
miennes en abandonnant une terre que j'avais dé-
fendue avec honneur.

Plusieurs de mes compagnons d'infortune se refu-
gièrent auprès du conquérant dont l'aigle faisait alors
trembler toute l'Europe. Encouragé par leur exemple,
et las de chercher un asile , je vins me présenter de-

vant le vainqueur d'Aboukir , qui me témoigna les plus grands égards. Après la déchéance de cet homme extraordinaire , et le retour du plus sage des Rois , je formai la résolution de vivre dans la solitude : c'est ici que j'attends le dernier sommeil.

Jeune homme , me dit le vieillard d'une voix entrecoupée de profonds soupirs , vos peines peuvent-elles se comparer aux déchiremens de mon cœur ?

Vous avez l'espoir d'un sort plus prospère : je ne saurais soupirer qu'après la tombe.

Homme divin , lui répondis-je , vos infortunes sont grandes ; mais votre résignation me surprend encore plus. Je reconnais le pouvoir de la philosophie : oui , sans sa douce consolation , vous eussiez succombé.

L'ermite , en souriant , me serre les mains. Nous avons oublié l'heure , dit-il : faisons notre prière. Non , jamais je n'invoquai l'Eternel avec plus de ferveur. Pénétré comme d'une flamme divine , et n'éprouvant plus d'émotion affligeante , je m'endormis paisiblement.

CHAPITRE XIII.

DÉPART.

———

LE chant du coq, perçant le silence de la nuit, m'arracha des bras du sommeil. Jamais réveil ne fut plus délicieux. L'aurore allait sortir de l'orient, et les perles de son char jetaient cet éclat qui fait tressaillir toute la nature ; Philomèle saluait son retour par des accords enchanteurs, et tous les habitans des airs l'accompagnaient mélodieusement.

Mon hôte, que je croyais endormi, me souhaita le bonjour, en me demandant d'un ton amical, si je m'étais bien reposé.

« Mon père, ici, j'ai trouvé l'adoucissement des lassitudes de l'âme et du corps. »

Mon jeune ami, nous abandonnons facilement une couche de fougère, tandis que la plume semble nous engourdir. Un lit de peaux procure le calme naturel ; et le duvet augmente l'insomnie.

A ces mots, il prend ses vêtemens, et sort pour cueillir des fruits.

Je m'habille : surpris de ne point voir l'ermite

adresser sa prière à l'Etre-Suprême, je descends au jardin. Quel fut mon étonnement, quand je vis ce homme vénérable prosterné devant les premiers feux du jour ! Confus et pleiu d'émotion, je cours l'embrasser. En me serrant contre son sein, il me conseilla de retourner auprès de ma famille, qu'une plus longue absence plongerait dans la désolation. Je le lu promis ; et me chargeant de quelques présens de Pomone, je pris congé du bon vieillard qui, les larmes aux yeux, me donna sa bénédiction.

CHAPITRE XIV.

RIVES DE LA SÈVRES.

LES dernières paroles du vieillard, ses traits vénérables frappaient encore et mes oreilles et mes yeux, lorsque je découvris, après deux jours de marche rétrograde, le plus beau des spectacles. Je m'arrêtai non loin des bords de la Sèvres.

Quelles masses énormes et majestueuses ! Jamais la nature ne posa des marques plus éclatantes du déluge universel : quel autre mouvement qu'un renversement général pourrait avoir assis les uns sur les autres ces ossemens de la terre ébranlée ?

Tandis que je contemplais ces merveilleuses rives près desquelles le Français expira sous les coups du Français , une jeune fille passe et m'apprend que le village où j'apercevais deux tours était Saint-Laurent sur Sèvres , célèbre par le tombeau du révérend Louis - Marie Grignion de Montfort, Missionnaire apostolique , Instituteur des Filles de la Sagesse et des Fils du Saint-Esprit , mort en odeur de sainteté l'an 1716.

Ces mots piquèrent ma curiosité : je suivis la jeune villageoise , et je sus bientôt........

CHAPITRE XV.

LA SAGESSE ET LE SAINT-ESPRIT.

Fille , non-seulement tu dois demeurer sage ;
Il faut que tes regards ne soient jamais honteux.
Si l'on te soupçonnait... Ce serait un outrage !
Mais on n'admire plus l'éclat un peu douteux.

(Il est inutile de répandre des fleurs de réthorique sur le tableau de l'humilité. Les Congréganistes pour la plupart, sont *virgines vel Rosæ mysticæ*).

Douze mortels augustes dirigent ce pieux troupeau qui s'élève à douze cents brebis , lesquelles , sous le nom de *Sœurs - Grises*, prodiguent à toute la France des secours que la Religion seule peut ins-pirer.

Une vingtaine de Frères employés à tous les tra-vaux de la maison , sont , comme les respectables Directeurs , en butte à la malignité des profanes. Je puis affirmer que la conduite des religieuses et des cé-nobites est irréprochable.

Le Saint-Esprit est le couvent des hommes ; la Sa-gesse celui des femmes. Un vaste jardin sépare ces asiles aussi purs que l'enceinte azurée. O doux Sau-veur ! comment la critique peut-elle trouver des ali-mens ? est-il croyable que , d-après cette disposition , des rendez-vous aient lieu sous de sombres allécs de tilleuls ?

Je plains sincèrement ceux qui font planer des soupçons odieux sur ces saintes retraites.

Vases d'élection , que l'harmonie de vos chants cé-lestes ne soit pas interrompue par les vils accens du mensonge , et que mille anagogies vous transportent chaque jour au troisième ciel !

Mais , avant de revoir le romantique paysage de Margon , je vais donner succinctement la description des variétés de Nogent-le-Rotrou , capitale du Grand-Perche , orgueilleuse rivale de Bellesme et de Mor-tagne , qui lui disputent , sans titre , la prééminence. Le lecteur , pour sortir du cahos et ne pas dormir

sans me connaître , a besoin de cette tardive intro-
duction.

~~~~~~

CHAPITRE XVI.

ANTIQUITÉS DE NOGENT.

Nogent fut la patrie de Remi Belleau , surnommé
par Ronsard, le peintre de la nature. Cette ville floris-
sante possédait les (1) cendres d'un ministre digne
du plus grand et du meilleur des Rois , Henri IV.
Depuis plusieurs siècles ; elle offre avec orgueil aux
regards des voyageurs les ruines imposantes de l'acro-
pole qui servit de demeure à ses premiers comtes ;
la cascade des quatre moulins , qui , de toutes les
scènes d'hydraulique , représente la plus admirable ;
la fontaine d'Arcisses qui prodigue aux Nogentais ses
eaux bienfaisantes, et dont la Naïade est aussi surprise
des hommages poétiques qu'elle a reçus , que du
nouveau cours qui la délivre d'un obscur tribut ;
enfin cette capitale du Perche a la gloire de disputer
à l'Angleterre la possession de la plus riante des
vallées.

---

(1) Des vandales révolutionnaires, qui se rendaient dans la
Vendée, les profanèrent.

3

En quittant les rives de l'Huine , mon cœur fut
brisé de douleur ; palpitant , plein d'ivresse , j'aban-
donne celles de la Sèvres ; je salue , j'admire les
bords charmans de la Loire ; et je n'éprouve point
cette délicieuse résistance dont parlent tous les voyageurs.

Peut-on jamais oublier les lieux de sa naissance ;
le chêne sous lequel on reçut le premier baiser d'a-
mour ?

Ah ! si jamais les mortels éprouvèrent la magique
puissance du Lotos , certes c'est à Paris.

Et cependant je sus y conserver le souvenir de nos
belles collines. Voici quelques stances qui peignirent
plus tard mes regrets à Lutèce.

Non loin des bords chéris de l'Huine ,
Sur un coteau riche , enchanteur ,
Agréablement se dessine
L'asile qui plaît à mon cœur.

Jean-Jacques , plein d'un doux délire ,
A l'aspect de la Jolétry
Eût reconnu , non sans sourire ,
Le toît qu'il a si bien décrit.

Là , son âme modeste et pure ,
Soumise à des transports divers ,
Calme , eût admiré la nature ,
Et frappé d'oubli les pervers.

Assis , dès ma plus tendre enfance ,
Sur un rocher majestueux ,
Quel plaisir , quelle jouissance ,
M'inspiraient ces bois tortueux!

Naguères de riches campagnes
Surprenaient , enchantaient mes yeux ,
Et les plus riantes montagnes ,
M'offraient des sites gracieux.

A Paris plus de doux ombrages ,
Plus d'échos , plus de chants d'amour ;
Philomèle dans nos bocages ,
Ne me charme plus chaque jour.

Le chêne orgueilleux de son ombre
Et qui brave les fiers autans ,
N'offre plus une voûte sombre
Au plus fidèle des amans.

Adieu bosquet, propre au mystère ,
Adieu cascades et vallons ,
Adieu prairie où la bergère ,
En tremblant guide ses moutons.

Hélas ! ma muse fugitive ,
Lasse du fracas de Paris ,
Regrette sans cesse la rive
Que foule seule mon Iris.

Mais au retour de l'hirondelle ,
Je veux revoir magiques lieux ,
Et ne jamais , heureux comme elle ,
Leur dire d'éternels adieux.

CHAPITRE XVII.

RETOUR.

————

QUELLE impression ne firent pas sur moi la fraîcheur
agréable de l'air, la sérénité du ciel, l'Huine serpen-
tant à travers des campagnes fertiles que je revoyais
après une absence de trente aurores.

> Bocages Nogentais, bois, sites enchanteur,
> Le printemps, loin de vous, fut pour moi sans douceur.
> J'admire les vallons d'une terre chérie ;
> Tout fuit mon souvenir... même l'indigne amie,

Oui, cruelle Laure, je t'oublie ; j'oublie même
le jour où, pour la première fois, j'imprimai ma
bouche sur tes lèvres vermeilles. L'astre si favorable
au mystère sortait à moitié d'entre les nuages, et n'é-
clairait que faiblement le bosquet où je connus tout
le délire des amans de la solitude. Ton troisième lustre
allait s'évanouir ; ta chevelure blonde tombait par
boucles ondoyantes sur tes épaules d'albâtre, et ta
gorge rivale de l'ivoire n'offrait encore que deux globes
naissans ; ta taille légère, ton regard brûlant et timide ; tes lèvres qu'animaient des désirs inconnus,
sont présens à mes yeux, et cependant je ne saurais
retracer leur céleste puissance.

Il est donc impossible d'exprimer la magique profondeur d'une première blessure.

O bonheur, m'écriai-je ! Insensé ! j'ignorais quelles angoisses suivraient ces jours de véritable béatitude.

Laure, Laure, tu devais toute la vie régner sur mon cœur, embellir mon existence, me faire connaître des sensations si douces, si délicieuses, me rendre père; au troisieme retour de l'hirondelle, je devais voir sourire un autre moi-même, couvrir de baisers un être touchant dont les moindres plaintes eussent fait palpiter mon cœur; je devais, oui, je devais connaître le bonheur des âmes vertueuses, des bons citoyens, puisque je voulais être un véritable père.

Loin de moi, disais-je en songeant au jour radieux de mon hyménée; loin de moi, sombres soupçons, cruelle inquiétude; loin de moi, phantômes du délire qui dévorez les âmes assez faibles pour ne pas repousser le plus funeste des poisons !

Si la femme est une glace que le moindre souffle ternit, bien loin de perdre son éclat, elle l'augmente en passant dans les bras d'un homme vertueux et sensible.

Quel moment pour un cœur brûlant, lorsqu'au milieu de deux familes, n'en formant plus qu'une, il peut soupirer :

> Pour la vie, au tendre hymenée,
> Je viens d'offrir un pur encens,

Près de la vertu couronnée,
Puis-je trahir mes doux sermens ?

Non, toujours mon bonheur suprême,
Sera de régner sur ton cœur.
D'un époux, la tendresse extrême,
Peut-elle troubler la pudeur ?

Rassure-toi, si je t'adore,
Ah ! c'est pour embellir tes jours ;
Tu fus heureuse à ton aurore !
Eh bien, tu le seras toujours.

Répète donc d'une voix tendre,
Que ton bonheur dépend de moi ;
Sur tes lèvres, je vole prendre,
Un nouveau gage de ta foi.

Mais un autre possède celle que je voulais enivrer du délire des amours.

Ingrate, puisses-tu ne jamais ressentir ces tendres émotions, ces accablemens d'ivresse, ces transports brûlans, ce torrent de jouissances qui jettent dans un égarement dont on ne peut revenir.

En disant ces mots, je tombe aux pieds de mes bons parens qui me pardonnèrent mon étourderie, et surent chasser de mon souvenir celle qui naguère eût disposé de ma vie.

Hélas ! je ne serai peut-être que trop vengé ! le premier trait de l'amour est éternel ; la tombe même ne saurait l'émousser.

~~~~~~

CHAPITRE XVIII, ET DERNIER.

LA DESTINÉE OU LE BONHEUR.

———————

« *Nullum numen abest , si sit prudentia , sed nos*
« *Te facimus, Fortuna , deam cœloque locamus* ».

O Jacques le fataliste !...... Mais ne plaisantons
point sur ce que les anciens appelaient le Maître des
Dieux.

L'homme le plus heureux, dit Helvétius, est celui
qui rend son bonheur le moins dépendant des autres.
La musique , la poésie , la sculpture , l'architecture
sont pour le philosophe des nouvelles sources de
plaisir.

Plongé dans les ennuis , l'homme , disais-je , un jour,
Est-il donc au malheur condamné sans retour ?
Quels courans orageux, ô puissante sagesse !
De l'île du bonheur me repoussent sans cesse ?

. . . .

. . . .

Est-ce dans les plaisirs ? est-ce dans la grandeur,
Que l'homme doit poursuivre et trouver le bonheur ?

. . . .

. . . .

Au sein des voluptés, je le vois, ô sagesse ;
Le rapide bonheur n'est qu'un éclair d'ivresse.

. . . .

Quel effroi me saisit ! quels cris tumultueux !

. . . .

. . . .

Quel est ce roc altier, environné d'abîmes ?

. . . .

. . . .

O mortel ! c'est ici que les ambitieux,
Etouffant le remords et sa voix importune,
Viennent à prix d'honneur conquérir la fortune,
Revêtir leur orgueil de ces biens apparens,
De ces titres pompeux qu'idolâtrent les grands.

. . . .

. . . .

Sur ces débris épars,
Tu vois l'ambition porter des yeux hagards.

. . . .

. . . .

Si l'amour, ses plaisirs, le pouvoir, la grandeur,
N'ouvrent point aux mortels le temple du bonheur,
Faudra-t-il le chercher au sein de la richesse ?

. . . .

Le plus malheureux des hommes, dit Fénélon,
est un Roi qui croit être heureux en rendant les
hommes misérables.

Le plus libre est celui qui peut être libre dans l'esclavage même.

Selon Say , le bonheur c'est de posséder des facultés et de les exercer avec succès. De nombreuses définitions , ajoute Boiste , prouvent que nous ne connaissons pas le bonheur.

......*Numquàm rebus credere lœtis.*

Cependant combien de mortels ne se laissent pas aveugler au sein des prospérités !

Polycrate, expirant sur une croix , reconnut qu'il n'était point de bonheur parfait.

Sophronime , chantant sur une lyre d'or les merveilles du Dieu qu'on adore à Delos , peut-il passer pour véritablement heureux ? non ; lui-même descendra bientôt l'urne d'Aristonéus dans le tombeau d'Alcine.

Taï, grâces à la cire odoriférante dont il se boucha les oreilles , n'entendit point les paroles du Génie Alzim , et trouva Bathmendi.

Cependant je doute que dix-sept enfans n'aient pas quelquefois éloigné le vieillard qui fuit tout le monde.

Le bonheur est-il un songe qui ne se réalise jamais !

La morale d'Epicure :

> Partageons tour-à-tour
> Les instans de la vie,
> Entre le vin, l'amour
> Et la philosophie.

ne saurait convenir qu'au mortel exempt de maladies et de toute inquiétude.

Le vrai philosophe est celui qui, maître de ses passions, oppose la constance d'Epitecte aux injustices de la fortune, et les vertus d'Antonin aux séductions de la pourpre.

Vivere beatè omnes volunt.

Mais sans philosophie point de bonheur ; elle seule console l'homme de bien de l'arrogance des sots et des rigueurs du sort.

Jean-Jacques, je dis avec toi :

> Paris, malheureux qui t'habite !
> Mais plus malheureux mille fois
> Qui t'habite de son pur choix,
> Et dans un climat plus tranquille
> Ne sait point se faire un asile,
> Inabordable aux noirs soucis !

Heureux donc celui qui, loin d'un monde corrompu, sait dans une charmante solitude se suffire à lui-même ! Si sa conscience est pure, il dédaigne les richesses, et trouve dans la lecture d'Homère, de Virgile, d'Horace, des jouissances bien au-dessus de celles que procurent les grandeurs. Content de lui-même, il n'est à charge à personne, et ne prodigue point aux grands d'indignes complaisances. Il vit pâlir son dernier jour, sans crainte et sans désir; son âme, dégagée des liens terrestres, s'élève vers les voûtes azurées, et trouve dans le sein de la Divinité la récompense promise aux vrais philosophes.

FIN.

A FLORE.

QUEL chœur charmant s'avance
Et parcourt les bosquets?
Quelle douce cadence !
Ciel! quels accords parfaits !
De la voûte étoilée .
Sont descendus les Dieux ;
Sur la terre émaillée
Ils s'arrêtent joyeux :
Quelle jeune déesse,
Le front couvert de fleurs,
Et que Cypris caresse,
Fait tressaillir les cœurs?
Les ris, les jeux, les grâces,
Et le Dieu des amours
Folâtrent sur ses traces,
Suivis par les beaux jours.

Nymphes de la Colline,
Vos vœux sont accomplis ;
Loin des rives de l'Huine,
Les frimats sont bannis :
La présence de Flore,
Console les humains,
Et soudain fait éclore
Les roses, les jasmins:

Salut ! brillante épouse,
Du Dieu cher au Printemps,
Et dont l'haleine douce
Protége tes présens.

Tu charmes la nature;
Par toi tout s'embellit;

Sur un lit de verdure
La nappe rejaillit :
Déja près de leurs mères
Bondissent les agneaux,
Et les chèvres légères
Dépouillent les coteaux.

Le ciel est sans nuages,
Et le peuple des airs
Forme dans les bocages
Les plus tendres concerts :
Le Faune, le Satire,
En vain au fond des bois
Expriment leur délire,
L'écho reste sans voix :
Mais si quelque musette,
D'un berger peint l'amour,
Sans cesse, il le répète
Aux Vallons d'alentour.

Phébus semble sourire,
En dispensant ses feux ;
Le souffle du Zéphire,
Chasse l'hiver affreux.
De quelques fleurs, O Reine !
Ton char je viens orner.
Puisque ma faible veine
Ne peut te couronner.

A MONSIEUR ROUILLON.

TYRANS qui, dans un grand renom,
Placez toute votre espérance ;
Sans le secours de l'Hélicon,
Croyez-vous dérober quelques traits de jactance ?

On vous voit mendier des vers,
Qui seuls sauvent votre mémoire ;
Un luth sonore à l'univers,
Redit magiquement une frivole gloire.

Toi, qui d'Orphée, avant vingt ans,
Sais toucher la lyre sacrée,
Qu'elle soit, non aux conquérans,
Mais au mérite seul, à jamais consacrée.

Oui, rempli d'un esprit divin,
Avec orgueil j'ose prédire,
Qu'un jour rival du gai Bertin,
De Parny, de Boufflers, tu saisiras leur lyre,

Alors Rouillon, donne l'essor
A ta muse tendre et brûlante ;
Et tu verras par quel accord.
On captive le cœur d'un preux ou d'une amante.

Chante nos modernes Bayards,
Chante nos vieux guerriers qui surent
Surmonter de nombreux hasards,
Et qui, près de Fleurus si noblement moururent.

Chante, chante la jeune Iris,
Dont le sein tendrement s'agite ;
Les grâces, les jeux et les ris,
Seuls peuvent inspirer les vers qu'elle mérite.

N'accorde jamais ton encens,
Qu'aux vrais amis de notre France;
Et puissent tes mâles accens,
Faire trembler bientôt les cœurs pleins de vengeance !

Ah ! qu'il est beau, mon jeune ami,
D'offrir sa voix à l'infortune,
Et de s'être hélas ! endormi ;
Après avoir depeint les torts de la fortune.

Cent fois tes vers harmonieux
Je parcours avec douce ivresse ;
Mais je crains d'être glorieux
Des éloges divers que l'amitié m'adresse.

Non, non, les Percherons discrets,
Ne m'accordent point leur suffrage ;
De Martin, (1) les accens parfaits,
Font dédaigner, encore ! une lyre sauvage.

Mais je veux au fond de mon cœur,
Graver pendant toute la vie,
Tes vers charmans, pleins de douceur,
Pouvant les opposer aux noirs traits de l'envie.

---

(1) Chantre de Francine et de la Louisiade, rival heureux de
Voltaire et de Florian.

LE VIEUX LIÈVRE ET LE JEUNE LAPIN.

Fable.

Un jeune et novice Lapin
Brûlant d'avoir une tendre compagne
Se plaignait à quelque voisin
De parcourir seul la campagne ;
Ah ! disait-il, l'ombre, les bois,
De fleurs, la prairie émaillée,
Et la feuillée
Ne m'offrent plus comme autrefois
Une paix toujours pure ;
Je sens un trouble, un extrême désir....
Eh ! reprit le second, aux lois de la nature
Nous devons obéir :
Tu veux une compagne aimante ;
Écoute, j'ai mainte parente
Qui pourrait bien te convenir :
Demain, après avoir revu l'aurore
Il faut partir.
Philomèle dormait encore,
Que nos deux bons amis se rendaient au manoir,
De celle que déja le doux Jeannot adore,
En espoir.
Il la voit, balbutie et charme cependant ;
La franchise dans un amant
Plaît tant.
Mais vieux Lièvre à tête pelée,
Faisant le Bartholot,
Mignard et sot,

Trouva que le pauvre Jeannot
N'avait point la voix perlée ,
La démarche aisée ,
Ce qui distingue à Paris
Les sages , les érudits.
La parente
Imprudente ,
Approuve ce conseil ,
Bien que perfide ,
Et congédie à son réveil
L'amant timide.
Plus tard , soumise à quelque damoiseau ,
Elle sentit une douleur profonde ,
Et regretta Jeannot :
Qui , loin du grand monde ,
Eût fait son bonheur.
Femmes , dans un époux ne voyez que le cœur.

De l'imprimerie de F.-P. Hardy, rue St-Merry, N. 44.

ERRATA.

Page 19, ligne 13 : Lycurgue; *lisez* : Solon.
Page 46, ligne 26 : vit; *lisez* : voit.